AF295617

LES AMOURS
DE
RAGONDE,

COMEDIE EN MUSIQUE,
en trois actes,

REPRÉSENTÉE POUR LA PREMIERE FOIS,
par l'académie royale de musique,

Le mardi, trente janvier 1742.

DE L'IMPRIMERIE
De JEAN-BAPTISTE-CHRISTOPHE BALLARD,
seul imprimeur du Roy, et de l'academie royale de musique.

M. D C C X L I I.
AVEC PRIVILEGE DU ROY.

ACTEURS CHANTANS.

RAGONDE, *mere de Colette,*
  amante de COLIN,   M^r. Cuvillier.
COLETTE, *fille de* RAGONDE,
  aimée de COLIN, *amante de* LUCAS, Mlle. Coupée.
LUCAS, *amant de* COLETTE, M^r. Albert.
COLIN, *aimé de* RAGONDE,
  amant de COLETTE,   M^r. Jelyotte.
THIBAULT, *magister,*   M^r. Bérard.
MATHURINE,   Mlle. Bourbonnois-L.
BLAISE, *garçon du village,*   M^r...
Garçons & filles du village, chantans & dansans.

ACTEURS DANSANS.
PREMIER ACTE.
GARÇONS ET FILLES
du village.

Mademoiselle Dallemand-L ;

Messieurs Malter-C. , Matignon , Hamoche,
Malter-L, Couque, Levoir.
Mesdemoiselles Le Duc , Erny , Courcelle,
Dazencourt , St Huray , Minot.

SECOND ACTE.

GARÇONS DU VILLAGE,
déguisés en Lutins.

Messieurs Malter-C., Matignon, Malter-L.,
Hamoche, Couque, Levoir.

TROISIEME ACTE.

PAYSANS ET PAYSANNES.

Mademoiselle Camargo;

Monsieur Lany, Mademoiselle Fremicourt;

Messieurs Malter-C., Matignon, Malter-L.,
Hamoche, Couque, Levoir.

Mesdemoiselles Le Duc, Erny, Courcelle,
Dazencourt, St Huray, Minot.

LES AMOURS DE RAGONDE,

COMEDIE EN MUSIQUE.

Le théâtre repréſente un hameau.

ACTE PREMIER,
LA SOIRÉE DE VILLAGE.

SCENE PREMIERE.

RAGONDE, COLETTE, MATHURINE, CHOEUR de FILLES du village, leur ouvrage à la main, LUCAS, THIBAULT, COLIN.

RAGONDE.

Llons, allons, mes enfans, à l'ouvrage;
   Tandis que je travaillerons
J'avons ici les garçons du village,
Qui vont nous amuſer par d'aimables chanſons.

A

LES AMOURS

LUCAS, THIBAULT, COLIN.

Vrayment ! J'en avons de nouvelles
Que vous trouverez des plus belles.

RAGONDE.

Vous chanterez tous trois à votre tour.
Mais vos chansons parlent-elles d'amour?
Je veux par tout de la tendresse,
Sans cela, nargue des plaisirs :
Il faut des échos, des zephirs ;
Rapellez-moi le tems de ma verte jeunesse.

Allons, allons, mes enfans, à l'ouvrage ;

LE CHOEUR DES FILLES.

Allons, Allons, mettons-nous à l'ouvrage ;

RAGONDE.*

Tandis que je travaillerons
J'avons ici les garçons du village,
Qui vont nous amuser par d'aimables chansons.

* Pendant que R A G O N D E chante ces vers, le chœur des Filles du village s'affied pour pouvoir travailler.

LE CHOEUR DES FILLES.

Tandis que je travaillerons
J'avons ici les garçons du village,
Qui vont nous amuser par d'aimables chansons.

RAGONDE.

Qu'il est charmant, mon aimable Colin !
Je lui veux attacher ce ruban de ma main.

COLIN.

Laissez, songez à votre ouvrage.

RAGONDE.

Mon cher enfant, pour gage de mes feux,
Reçoi cette faveur au nom de mariage.

COLIN.

Reprendre un époux à vôtre âge !

RAGONDE.

Oui, mon poupon, c'est toi seul que je veux.

THIBAULT, LUCAS, MATHURINE.

Ragonde avec Colin, le charmant assemblage !

RAGONDE, à COLIN.

Que je nous aimerons ! Que je serons heureux !

THIBAULT, LUCAS, MATHURINE.

Ragonde avec Colin, le charmant assemblage !

RAGONDE.

Tu parois interdit ! Mais voi comme je brille.
A qui donc en veux-tu ?

COLIN.
J'en veux à votre fille.

RAGONDE, *avec fureur.*

A ma fille ! Merci de moi !
Je t'étranglerois avec elle,
Plutôt que de la voir mariée avec toi.

En se radoucissant.

Veux-tu me voir souffrir ?

COLIN.

C'est une bagatelle.

RAGONDE.

Veux-tu voir expirer ton amante fidéle ?

COLIN.

Pourquoi !... Vivez.... J'y consens de bon cœur...
Pourvû que j'épouse Colette.

RAGONDE.

C'est donc ainsi que l'on me traite ;

à COLIN.

Traitre, tu sentiras l'effet de ma fureur.

MATHURINE.

Ne vous emportez pas, si vous voulés m'en croire.

Colin se rendra quelque jour :
Ne parlons plus de votre amour,
Et que chacun conte une histoire.

LUCAS.

J'en sais une, vrayment, qui vous divertira.

RAGONDE.

Je vais en dire une charmante.

DE RAGONDE.
COLIN, à RAGONDE.
Ecoutez celle-ci, vous en serez contente.
RAGONDE.
Il faut que je commence, & Colin me suivra.
LUCAS.
Non, morgué.

COLIN.
C'est à moi.
RAGONDE.
Paix; la mienne est plaisante.
TOUS TROIS ENSEMBLE.
RAG. { *Un jeune berger de vingt ans*
       { *Aimoit une jeune bergere;*
COL. { *Une vieille avoit quatre dents*
       { *Dont elle ne se servoit guere;*
LUC. { *Climene en son jeune printems,*
       { *Dansoit un jour sur la fougere;*
RAGONDE.   [*honte!*
Quoi! Parler tous ensemble! Eh! Bon dieu! Quelle
Chacun à notre tour, nous dirons notre conte.

Un jeune berger de vingt ans
Aimoit une jeune bergere;
Mais il plaisoit fort à sa mere,
Qui vouloit l'épouser en dépit de ses dents.
La bonne femme étoit sorciere:
Pour punir le berger insensible à ses feux,
Elle en fit un matou, qui devint furieux,
Et se précipita du haut d'une gouttiere.

COLIN.

Une vieille avoit quatre dents,
Dont elle ne se servoit guere ;
Elle vouloit être encor mere,
En épousant par force un berger de vingt ans.
Il méprisa cette mégére,
Elle voulut punir le berger dédaigneux,
Mais lui, pour empêcher ses desseins dangereux,
L'envoya soupirer au fond de la riviere.

RAGONDE, à COLIN.

Il suffit, je t'entens, & tu me conoîtras.

LUCAS, bas à RAGONDE.

J'avons concerté la maniere
Dont il faut vous venger, ne vous affligez pas.

MATHURINE.

M'en croirez-vous, laissons cette matiere.

Accourez, jeunes garçons,
Mêlez vos pas à nos chansons,
Venez folatrer & rire.
Que le plaisir vous guide & vous attire,
Ne suivez point d'autres leçons ;
Ces biens purs dont nous jouissons,
A nos desirs doivent suffire.

SCENE II.

Les acteurs de la scene précédente, FILLES
& GARÇONS du village qui arrivent en dansant.

COLIN.

On danse.

L'Amour chérit nos paisibles bocages,
Ce sont nos cœurs qu'il se plait d'enflammer.
Je ne songeons qu'à bien aimer,
Je rougirions d'être volages.

Quand on trahiroit nos soupirs,
Je n'en serions pas moins fidéles ;
J'ons encor pour les plus cruelles
Mêmes transports, mêmes desirs.

L'amour chérit nos paisibles bocages,
Ce sont nos cœurs qu'il se plait d'enflammer.
Je ne songeons qu'à bien aimer,
Je rougirions d'être volages.

On danse.

MATHURINE.

Fui, Gloire inhumaine,
Fui loin de ce beau séjour ;
Que la Paix dans ce jour,
Amène
Le tendre Amour.

Que d'ardeurs nouvelles
Se vont allumer !
Les cœurs les plus rebelles
Se vont enflammer.

Content de la gloire
De nous défarmer ,
Le prix de fa victoire
Eft de nous charmer.

On danfe.

MATHURINE,
alternativement avec le Chœur.

Chantons , Chantons l'Amour : Chantons fes traits
vainqueurs

Qui lui foumettent tous les cœurs.

FIN DU PREMIER ACTE.

ACTE II.

ACTE SECOND.

LES LUTINS.

La scene se passe à l'entrée de la nuit.

****

SCENE PREMIERE.

LUCAS, THIBAULT.

LUCAS.

Ui, le petit traître d'Amour
Met tout en feu dans le village ;
Il nous attaque nuit & jour,
Et veut que l'on aime à tout âge :

Ragonde, qui devroit se montrer la plus sage,
De Colin, qui la fuit, exige du retour.

THIBAULT.

Bien mieux d'accord avec Colette,
Vous avez sû lui plaire, elle a sû vous charmer,
Et Colin, vainement, prétend s'en faire aimer :
Que ne l'épousez-vous ? Ragonde le souhaite.

B

LUCAS.

Ragonde ne veut pas que je foyons heureux,
Si Colin ne confent à contenter fes vœux.

THIBAULT.

Voyez quelle fineffe !

Pour y forcer Colin, il faut ufer d'adreffe.

LUCAS.

Vrayment, Colette a feint de répondre à fes feux,
Lui jurant de venir le chercher en ces lieux.

THIBAULT.

La nuit ! Il y viendra.

LUCAS.

*   Mais dans la confidence*
J'ons mis quelques garçons déguifés avec moi ;
Et la vieille amoureufe a conçû l'efperance
De s'affurer de lui par la crainte & l'effroi.
Vous nous feconderez.

THIBAULT.

*   Vous verrez des merveilles.*

Quand il s'agit de faire un tour malin,
Je ne plains point ni mes foins ni mes veilles.

Quelque bruit, ce me femble, a frappé mes oreilles ;
Retirons-nous, c'eft l'amoureux Colin.

SCENE II.
COLIN.

J Amais la nuit ne fut ſi noire,
Mais ſon obſcurité favoriſe mes vœux,
Colette va venir. Que je ſerai joyeux !
Mon bonheur eſt ſi grand, que j'ai peine à le croire.

Hâte-toi de me rendre heureux,
Accours, mon aimable Colette ;
La nuit nous cache aux jaloux curieux,
Que de momens perdus ! Ah ! Que je les regrette !

SCENE III.
COLIN.

THIBAULT, LUCAS, BLAISE,
GARÇONS du village déguisés en LUTINS.

COLIN.

J'Entens du bruit : il redouble. Quels cris !

THIBAULT, LUCAS, BLAISE, déguisés en LUTINS.
Colin, Colin, Colin.

COLIN.

Je tremble, je frissonne ;
On court autour de moi... Je n'entens plus personne.

THIBAULT, LUCAS, BLAISE, déguisés en LUTINS.
Colin, Colin, Colin.

COLIN.

Ah ! Ce font des esprits.
Fuyons... Je ne le puis. La force m'abandonne.
Helas ! Je craignois que le jour
Ne vint trop tôt chasser la nuit obscure ;
Que je voudrois pouvoir avancer son retour !
Mais il faut que je me rassure ,
Peut-être on m'a joué ce tour ,
Ou ma seule frayeur cause cette aventure.
Allons , ferme, Colin , faisons bonne figure.

On danse autour de COLIN.

COLIN.

Je suis mort. Au secours. Ne puis-je m'en aller ?

THIBAULT, LUCAS, BLAISE.

Si tu sors de ta place
Nous allons t'étrangler.

COLIN.

Je crois que le sabbat vient ici s'assembler :
Eh ! Messieurs les esprits, je vous demande grace.

THIBAULT, LUCAS, BLAISE.

Si tu sors de ta place
Nous allons t'étrangler.

CHOEUR DE GARÇONS du village, déguisés en LUTINS.

Nous courons par tout le monde
Pour tourmenter les humains,
Et l'on n'échappe de nos mains
Que par les ordres de Ragonde.

BLAISE.

Elle a sur nous un pouvoir absolu.

LUCAS.

Jusqu'aux enfers, sa voix se fait entendre.

THIBAULT.

Les démons, les sorciers, près d'elle vont se rendre ;
Et font toutes les nuits ce qu'elle a résolu.

CHOEUR, *Nous courons*, &c.

COLIN.

On danse.

Au secours, on m'emporte,
Ragonde, helas ! Me laissez-vous périr ?

SCENE IV.

RAGONDE, COLIN, LUTINS.

RAGONDE.

HEbien, traitre, veux-tu mourir,
Ou partager l'ardeur qui me transporte?
Ces Lutins pour jamais vont se saisir de toi,
Si tu ne me promets de me donner ta foi.

COLIN.

Ah! Dissipez mes cruelles allarmes,
Adorable Ragonde, & je suis tout à vous:
Qui, c'en est fait, je me livre à vos charmes,
Et fais de vous aimer mon plaisir le plus doux.

RAGONDE.

Mais il faut m'épouser; c'est un point necessaire.

COLIN.

Me voilà soumis a vos loix.

Je vous épouserois cent fois,
Plutôt que d'attirer sur moi votre colere.

RAGONDE.

Puisque Colin ne songe qu'à me plaire;
Demons, rentrez dans les enfers,
Partez Lutins, volez au bout de l'univers.

FIN DU SECOND ACTE.

ACTE TROISIÉME.

LA NÔCE ET LE CHARIVARI.

SCENE PREMIERE.

THIBAULT, LUCAS, COLETTE,

RAGONDE, COLIN, PAYSANS, & PAYSANNES.

THIBAULT.

La nôce, à la nôce, allons, accourons-tous,
Rions, chantons, dansons, faisons les fous.

CHOEUR.

A la nôce, &c.

THIBAULT.

Pour célébrer un double mariage,
Nous assemblons tout le village.

Que Lucas est heureux ! Quels seront ses plaisirs !

Mais Colin va jouir d'un plus doux avantage,
Ragonde, objet de ses soupirs,
Et les inspire, & les partage.

CHOEUR.

A la nôce, à la nôce ; allons, accourons-tous,
Rions, chantons, dansons, faisons les fous.

On danse.

LUCAS.

J'ai soupiré longtems pour l'aimable Colette,
Colette soupiroit pour moi,
J'étions amans, je vivois sous sa loi,
Et je goûtions tous deux une douceur parfaite.
Je suis son époux maintenant,
Elle doit m'obéir, c'est la loi du village ;
Mais pour faire un bon mariage,
Colette et moi j'agissons prudemment,
Je voulons oublier que je somm'en ménage ;
Colette est ma maîtresse, & je suis son amant.

COLETTE.

Lucas, je t'en fais la promesse,
Je serai toujours ta maîtresse,
Tu seras mon amant, & non pas mon époux :
C'est le moyen de nous aimer sans cesse.
Pour conserver des noms si doux,
Ne sois jamais inquiet ni jaloux,
Garde-toi de brûler d'une nouvelle flamme ;
Si je m'en apperçois, je le dis entre-nous,
Dès ce moment, je deviendrai ta femme.

THIBAULT.

THIBAULT.

Chantons, chantons, et que l'écho répéte,
Vive Lucas, vive Colette ;
Ils ont trouvé tous deux
Le secret d'être heureux.

CHOEUR, *Chantons,* &c.

On danse.

MATHURINE.

Il est tems, l'Amour vous appelle,
Vous devez répondre à sa voix.

LE CHOEUR, *Il est tems,* &c.

MATHURINE.

Il défend d'avoir un cœur rebelle,
Il permet la liberté du choix.

LE CHOEUR, *Il est tems,* &c.

MATHURINE.

Eprouvez une ardeur mutuelle,
Ah ! Qu'il est doux de céder à ses loix !

Il est tems, l'Amour vous appelle,
Vous devez répondre à sa voix.

LE CHOEUR, *Il est tems,* &c.

On danse.
C

RAGONDE.

On chante Lucas & Colette,
Et l'on ne parle point de nous ?

CHOEUR.

Vivez, vivez, heureux époux,
Goutez une douceur parfaite.

COLIN.

Quelle douceur ! Helas !

LUCAS.

Quoi, Colin, tu verses des larmes,
Dans un moment, pour toi si plein de charmes !

COLIN.

Je ne pleurerois pas
Si Lucas étoit à ma place,
Et si j'étois à celle de Lucas.

RAGONDE.

Quoi ! Même après l'hymen, tu me mépriseras ?

COLIN.

Que voulez-vous donc que je fasse ?
Je ne pleurerois pas
Si Lucas étoit à ma place,
Et si j'étois à celle de Lucas.

RAGONDE.

Tu dois oublier Colette,
Elle est jeune, elle est folette,
Elle pourroit trahir tes feux ;
Mais avec moi, tu seras plus heureux,
Je ne serai volage ni coquette.

Tu ne me répons rien, tu t'éloignes de moi ?
     Me traiter de la forte,
   Après m'avoir donné ta foi !
    La fureur me transporte.

Demons, lutins, forciers, accourez me venger
  D'un mari qui veut m'outrager.

COLIN.

Pardon, pardon, ma chere époufe.

RAGONDE.

Si tu ne veux attirer mon courroux,
Garde-toi bien de me rendre jaloufe.

COLIN.

Mon amour pour Colette expire à vos genoux.

THIBAULT.

  Que l'on chante par tout le monde,
Les plaifirs de Colin, le bonheur de Ragonde.

CHOEUR.

  Que l'on chante par tout le monde,
Les plaifirs de Colin, le bonheur de Ragonde.

On danfe.

C ij

MATHURINE.

Bergers heureux,
Suivez l'amour qui vous éclaire,
Ici les ris, les jeux,
Tout sert nos vœux :
Le doux printems
Commence & finit tous nos ans :
L'Amour quitte sa mere,
Pour voir nos champs.
Chantons mille fois,
Célébrons le Dieu qui fait nos choix ;
Il est moins à Cythere
Que dans nos bois.

CHOEUR.

Que l'on chante par tout le monde,
Les plaisirs de Colin, le bonheur de Ragonde.

On danse.

VAUDEVILLE.

1ᵉʳ couplet. **THIBAULT.**
Ragonde d'un triste veuvage
A voulu prévenir l'ennui.

CHOEUR. *Charivari, Charivari.*

THIBAULT. *Colin avec elle s'engage,*
J'avons écrit qu'il a dit oüi :
Charivari, Charivari.

L'amour est de tout âge,
Et la folie aussi :
Charivari, Charivari.

CHOEUR. *Charivari, Charivari.*

✳

2ᵐᵉ couplet. **RAGONDE.**

Je ne crains point que l'on me blâme,
Non, je n'en ai point de souci.

CHOEUR. *Charivari, Charivari.*

RAGONDE. *Le beau Colin regne en mon ame ;*
Vous pouvez crier à l'envi
Charivari, Charivari.

S'il trahissoit ma flâme,
Je saurois faire aussi
Charivari, Charivari.

CHOEUR. *Charivari, Charivari.*

✳

3me couplet.   COLIN, à RAGONDE.

> Vous regnerez donc sur mon ame,
> Helas ! Il le faut bien ainsi :

CHOEUR. Charivari, Charivari.

COLIN. Mais quand mon cœur céde & s'enflamme,
Plus de Lutin qui fasse ici
Charivari, Charivari.

> Souvent la bonne femme,
> A fait le bon mari :
> Charivari, Charivari.

CHOEUR. Charivari, Charivari.

4me couplet.   LUCAS.

> L'Amour se plaît dans les allarmes,
> Le bruit est son plaisir chéri.

CHOEUR. Charivari, Charivari.

LUCAS. Quand ce Dieu se sert de ses armes,
Il fait dans un cœur attendri
Charivari, Charivari.

> Pour célébrer ses charmes,
> Chantons tous à grand cri
> Charivari, Charivari,

CHOEUR. Charivari, Charivari.

5me couplet. **COLETTE, à LUCAS.**

Maman fait mon bonheur suprême,
En prenant Colin pour mari.

CHOEUR. *Charivari, Charivari.*

COLETTE. *Quoique ma joye en soit extrême,*
Me convient-il de dire ici,
Charivari, Charivari ?

Mais c'est dire que j'aime ;
Je chante donc aussi
Charivari, Charivari.

CHOEUR. *Charivari, Charivari.*

6me couplet. **MATHURINE.**

L'Hymen est une grande affaire,
J'hesite à prendre ce parti.

CHOEUR. *Charivari, Charivari.*

MATHURINE. *Un vieil époux n'amuse guere,*
Un jeune aime ailleurs que chez lui ;
Ce qui produit Charivari.

Ah! qu'il faudroit me plaire,
Pour hazarder aussi
Charivari, Charivari.

CHOEUR. *Charivari, Charivari.*

7me couplet. **LUCAS, à COLETTE.**

Chaque moment accroît ma flamme.

COLETTE, à LUCAS.

C'est toi seul que je vois ici.

CHOEUR. *Charivari, Charivari.*

THIBAULT, à MATHURINE.

L'amour se glisse dans mon ame.

MATHURINE, à THIBAULT.

La mienne est en paix, dieu merci,
Je craindrois trop Charivari.

COLIN, caressant RAGONDE.

Vive la bonne femme;

RAGONDE, caressant COLIN.

Et son joli mari.

TOUS SIX.

Charivari, Charivari.

CHOEUR. *Charivari, Charivari.*   Contre-danse.

FIN DU TROISIE'ME ET DERNIÉR ACTE.

APROBATION.

J'AI lû par ordre de monseigneur le Chancelier, *Les amours de Ragonde, divertisse-ment comique*, & je crois que l'impression en peut être permise. A Paris ce premier janvier 1742.   DE MONCRIF.

Le Privilege est à la fin d'ISSE.